岬 多可子

あかるい水になるように

書肆山田

目次——あかるい水になるように

あかるい水になるように

*

骨片蒐集

古く古く　土にそのまま埋めたのを
改めるというので
累代の土、一帯を焼いた。
それから　拾って集め　再度　葬り直した。
それら一連のことは老いた家長がひとりで行い
女子供には見せられぬ、
若いものらも指一本かかわらず。
血の　つながったものらも

縁で　つながったものらも
からからと　いくつかの壺に　まとめられ、
小石や　燃えた草木や虫などの残滓も　混じっただろう、
嵩高く　容易には冷めていかぬものだ。
いずれ　守るものは絶え
花は丈高い草に取って代わられ　石も崩れる。
ほんとうは単純なこと、
そう思う　ことにした。

＊

骨が散らばっている　熱い地面を
どうしても踏んでいかねばならなかった。
夢に色や涙はなかったが

だれもが　浅く深く　その夢の土を　踏んでいる。
戦われた土
流された土
灼かれた土
どんな土にも　骨が含まれている。
踏んでいく　どこからどこまでが　自分なのか
わからないほど　ぐしゃぐしゃに　されても、
つまり　踏んでいくわたしが
踏まれていくわたしであっても、
繋ぎ目の軋みの熱さは
聞こえていた。

＊

〈わたし〉がばらけていくことばかりを
思っていたのでした――
眠ろうとして　地に引きこまれていくようなとき。
腕や脚や　感覚器のひとつひとつが
〈わたし〉のものではないようで、
(声を発するんじゃないよ)
そんなことを言われても
触れているのも触れられているのも
脱けていった　遠くでのことのようで、
星座として結ばれない　孤の屑星のようで。
あれは、でも、崩された骨のことでした。
可塑性もあるのか、水や脂で　かろうじて
ひとつの肉にまとめられてあるのでしたが、
標本も人台も　子どもの大きさで

放ち棄てられてある廃校舎。
理科室家庭科室。
〈わたし〉をかき集めたくても、もう。

＊

槌《つち》骨　砧《きぬた》骨　鐙《あぶみ》骨、
ささやかれた　水に似たことばが
ちいさなちいさな　おままごとの器のような骨を
したたりながら伝わっていく。
蛇の、あんなに　なめらかに　すべっていくのも
ちりちりと　線香の火が進むように
緻密な　骨の　鎖のつらなり。
繊細と強靭。

鯛の鯛、喉の仏、
なにか　かなめ　らしきもの。
琴柱《ことぢ》や魂柱《こんちゅう》も　骨に似て
また　つかさどるもの。

*

くらいなかの火のはじまり

襖の向こうの　夜の声は
聞かなかったことにしてね。
ことが　おきていたとしても
なにも　おきてはいないから
花の　こちら側の　お茶で
ゆっくりと　あまく　あたためてね。
獣なのだから　わたしたち　それを
口で　じかに　飲んでもいい。

もう暗くて　もっと暗くなる
だから　わからないけれど
緑の苔の廊下を　往き来するものは
見なかったことにしてね。
生きているこの夜
ほんとうは　あつくてならないから
見えないなかで　触れてしまったら
それが何であれ　とことん
ゆけるところまで　ゆくのよ。
罪なら罪　罰なら罰　どちらでもいい。
金箔　銀泥　遠い落雷
向こう側の　わたしたちも　撃たれる。

てのひらのひらひらと火

ちいさな両棲類の　濡れて息する水の膚。
載せて　包んだ　そのなかで
火の傷を負わせる、それが
わたしたちの　てのひら。
あるいは　びっしりと満場の
泡立ち波打つ　てのひら、
ひとひら　ひとひら　姫手鏡の光だったのが
もえひろがっていく　火の手の　赤い海。

ひらかれ　ひらひら　ひるがえり
花　落ちて　幾重にも散り敷くように
手には手が　炎には炎が
かさなり　つながり　ついには一面の。
そして　蜜　蠟　脂、
つらつらならならと
白いこごりを熔かすのが
上衣の裾から入れて　身の肉　肉の内に触れる
てのひらの火。
とりかえしのつかぬ　あのこと　あのこと、
にぎりしめ　にぎりつぶしてきて　赤い
熱い手。

そして火の休まるところ

階段の下は　ちいさな納戸　そこで
そっと　そうっと
てのひらの熱いつぼみを　ゆびさきからひらくと
飛びたつのは　ほたる。
また　ねむれない吹き降りの夜
ほそくゆれる炎のそばで
おばさまが　つくってくだすったお人形、
あのお人形は　ぐったりと　重く

それからは　ちいさな自分を　抱えることになった。
そして　明け方　お布団の上にすわりこんで
泣いているこどもには
桜のもようの湯呑みで　ぬるくうすいお茶を。
そろそろと　てさぐりで　運んできて
のませてもらう　のませてあげる　と
それで　ようやく
黒いかたまりは　ゆわゆわと　しずまる。
火が休まり　かわいたにおいがしている。
巣箱　のようなところだろうか、
わたしたちはもどろう　古い　そこへ、
そして　しばらく　とどまることにする。

土で描かれたのを視る

粘る赤い土の　流れる緑の砂の
描かれ開かれた風景が
窓のように　絵。
動かないけれども
それでも　視ているのは　動き。
あえかな草の葉の　そよぎが　おののきが
ときには　たたかいに　似て
遠い巨きな海の渦からおよんだものではないか、

指の跡の窪みの湿りが
やがて地を裂き　深くから
濁った体液が　噴き出すのではないか。
作ってしまった　こわせないものが
どうしようもなくくずれていくのを
手で触れることもできず
ちりちりと端からちいさな火に灼かれていく
その動けない動きを　視ているほかないのではないか。
ことばを　こころと　短絡し
ともあれ横たわろうとする　体軀を、
起たせて。熱い泥　冷たい泥で描かれて
窓のように開かれた絵に　ただ　目を遣る。

その水は身のうちを

ちいさな児童公園の初夏
蛇口を上向けて　ちいさな噴水を　口でじかに。
ぎったんばったん　ゆうどうえんぼく
それから　しゅうせん、
漕いでも漕いでも　奪えず奪えず。
ことの前　ことの後には　洗って、でも途中
洗って済まないことも　したかもしれない。
順番を代わる、戻って並んで

やがて　列からはずれるときもきた。
黄色い花が　青い花へ　季節を送っても
夜の油みたいなものは　しだいに　身につき
水は　ひっそりと　うつむいて飲むものになった。
そして今日　地下の駅　快速電車を待つ列、
だれも知るひとがいない。ゆえの
ろうぜきのようなものか、
透明なボトルのあらわな水
そして　あおむいて　あらわなのど。
水は身のうちを落ちていき
こんなとき　こんなところで　思い出すのか。
そういう　恋は二度。

もともとはひとつの土

野薔薇　雛罌粟　蛇苺
ほろほろと零れる白い露も咲かせた。
草には　ひとを
養うものと　狂わせるもの
傷つけるものと　扶《たす》けるものがあり、
土はひとつにつながって広がっていた。
硬い外羽《そとばね》を持つ日のために眠る蛹を
しっとりとあたため、

墜ちた小鳥や　食い散らかされた部位は
すみやかに覆い
ながくそのままにしておくことはなかった。
生き死にを　何層にも塗り込め
もがいた指　あえいだ声も
書物の厚みのように綴じて、
土塀も土壁も
もともとはひとつの　そのような土だったが。
でも、もう、
汚し汚れてしまったのが　はてもなく。
棄村。
あなたたちが棄てた土は　わたしたちが棄てた土。

水のだんだんのこと

これは九月　これは風鎮
抽斗は　一段ずつ　名づけられ調えられる。
すずしいガラス玉に
露草桔梗龍胆の　青　藍　紫、
秋　このように心もおさまったのだから　もう
揺れるもの　溶けだすものも　ないだろう、
一番下の　深い一段へ
鳴く虫の羽やすりといっしょに入れてやろう。

色石という段には　仕切りがあって
水草色枯草色もしまわれる、
色石は　そうした草のわずかな匂いでみがくので。
今日引き出すことのできない段は　引き出さない、
たとえば蛹化する日　羽化する日
喘ぎも呻きもしない、でも　なかで
どれほどのことがおこなわれているか。だからさわらずに。
そして　見失いがちな　薄い盆のような一段は
寒天培地一枚　青族の夜だ、
あわあわの水の色は　何の迷いか、
下からだんだん　気配はひたひた　満ちてきて
情といってもよい青の　群れる青に　そだっていた。

木の蜜に封じられ

廻り階段の柱の一本になってからも
いつまでも樹液をにじませる木、
木は　樹であったことを　ずっと忘れずにいて
乾かない傷口から　生が染み出ていた。
ちいさい頃、その柱に
抱きつくみたいにして
濃い飴色の　濃いべたべたに　触ってみた。
虫たちの夏だと思っていたけれど、

そっと舐めてみた指は
渋く　苦く　甘く　舌を刺し、
そんな　記憶も
重く厚い鍋のなかで　かきまぜられた
夢の　黒々としたジャム。
蜜に溺れた蟻が　その夢に封じられ
千　万　億年の後　掘り出される。
触角のうつくしい悶え
細く絞られた胴体の震えも
とろりとした金色のなかに凝固し、今は
薫る石　燃える石、
胸元を飾る琥珀。

あかるい水になるように

灯りのともる室内から
夜のみっしりと重い庭を
見よう見ようとしなければ、そして
見よう見ようとしても、でも。
あかるいところから　くらいところは見えない、
そこで　草や石や幼いもの、
知られずに　泣いているのかもしれないでしょう。
夜を盗む指のような虫、

葉よりも花　花よりも実を
どうしたって　食い荒らしたいのが
わたしだったのかもしれないでしょう、
どうしたって　あまくてやわらかいほうへ　ほうへ
身をよじりながら這っていって。
黒く濡れた庭から　灯りのともる室内は
とてもあかるく　とてもとおく思われました。
その底近く　痛んでいるものたちは
それぞれに　自分の傷を痛んでいる。
あ、結ばれた草の傷から垂れるひとしずく、
いつかずっと先　そっとひらかれるあたりで
あかるい水になるように。

木々の息のあいだに

五月、いっそうゆっくりと
深まっていく　木々の息。
水や火や風が　たえず　かたちを変え
揺れ　移ろう。そのように
木々もまた
いっときも　おなじかたちでは立たない。
葉群れのささめき
小枝の尖端がさし示す　生、

そのゆくすえ　かすかに明滅するのは　死。
歓びと歎きとが混じった
はつなつの　においだ。
夕暮の青は　しだいに重く　おりてきて
木と木のあいだを満たす。
木の向こうにある夜　夜の向こうにある木、
かくまわれ　鳥や虫の声は　くぐもり、
目立たぬ花も　しきりと散る。
つぎつぎと　落ちていくところ
ほのかに　あかるくやわらかく、
白く　足元を覆っていくもの。それを
名づけて呼ぶことは　しない。

残るものは木々と

潰されたむらさき色の爪が剝がれ落ち、
恋の　あえかな燠の衰え
ビーカーの底の珈琲の澱、
量れない　そのような　時間の流域。
廃庭に長く居ついたのは
《首輪と瞳は青い　尻尾はまるい》
そんな迷い猫。
街の角々の貼り紙は

いくどもの大きなあめかぜに
とうに溶け　流され、猫も。
えにしの途絶え閉ざされた　扉や窓は
夏を盛る　まみどりの木々、その
指や舌が　こじあける。
棘の枝の棘　乱れ　交じり
奥まった　蛇も到らないそこへ
蒸籠のような巣は懸けられ、
残るのは　しっとりと汚れた羽毛
あとは空。そして
光を濃縮し膨らんでいく果実。
もうじき秋、酸を散らすような。

銅葺きの屋根はしずまり

すっかり緑青へと落ち着き、家の者たちの
あたまかずも　くちかずも　少ない。
炉の火も　井の水も　とろとろと
衰えていくことを　かなしまず、
よい季節の　晴天に
のこすものを　ひとつずつ　選んでいく。
蔓草の模様が刻された　布切り鋏、
長い嘴で切る　鳥の　糸切り鋏。

尖り方の異なる　幾種類かの針、
指に添い　捩れて　けれど光を宿してある。
大叔母さんがくだすった
ぶどうの浮き彫りのついた　楕円形の缶、
ジャムやチョコレートのビスケットが入っていた。
そこに　花文字刺繡の針山や
千枚通しといっしょに　おさめる。
氷を掻く青緑色の歯車と
革のベルトが軋む足踏みミシン。
不用意に　金属同士の触れあってさえ
簡素に鳴れ、
深く澄みひろがっている空の日。

すべて溶かして香る土

やわらかいもの　水や蜜のたぐいは
踏まれ　崩れて　還る。
紫の花　赤い傷
すべて溶かして　香る土　黒い土。
その土のなかで
わたしは　目も耳も口も　鎖《とざ》した
環形の　簡明な　いきものでした。
濡れた神経の繊毛を

闇の　あたたかい匂いへ
あるかなきかの光の胞子へ
のばして　ふるわせて。
そうして触れた　かたくなな強《こわ》いものは
錆びた釘のように　ひとつずつ
抜いて棄ててきた　骨のかけらでしたが
くだかれてもくだかれても　溶けきれずにいて
そのことを　鎖した器官で　泣く。
土にまだ　のこっている　その白い片々、
剝がしても　思い　残した　爪みたいで
花びらとともに　早く　溶けきるように。
よくかきまぜられて　香る土になるように。

鋼の朽ちていくとき

荒れた納屋から　暗い鋼の刃。
百合の花粉のような烈しい銹《さび》が
厚く被い　罅《ひび》割れて
しぜんと零れてくる。
その刃物が　ほかの什器といっしょに
枯草の上に並べられていくのを　見たとき、
斃れたひとのこと　その手足の
銹　罅　のことを思ったのでした。

掌は天を受け　蹠は地を受け、
熱く汚れた脂の泥を拭ったでしょう
火の蛇の通った途も辿ったでしょう。
世界というもの　時間というものに
触れ続け　接し続け、
内側から厚みと硬さを育てて。
背負われたり　抱かれたり　寝かされたりして、
まだ　なにひとつ　なにも触れぬ
柔く白い　さいしょの頃にも　きっと、
ふいに　光のような力は　閃き。
身から出る　とは言うのでしたが、
でも　銹も鋳も朽ちる　うつくしさでした。

小花の金銀に散り敷いて

つよくあまい匂いは
九月から十月へ　途切れず、
濡れた閾を横切っていくのは
ひとではないものばかり。
そこに眠っているものたちは
とうに　ひとの肉を　脱ぎ了えて、
のこされたわたしたちは　もう
想うだけ、

流れてくるのを　眼や耳に受けて
ほかに　できることがない。
ほろほろと　こぼれる前　こぼれた後も
ひとつひとつが　ちいさくちいさく
金銀に薫り立ち
ひえびえと明るく、
そして　端から　透きとおって傷みやすい
酷な　匂いだ。
また　椿の　三片に割れた実も　拾う。
これらは　ひたすらにかたくなで、
夕方には　すみやかに
暮れていく　冷えていく。

*

標本帖

i

ひかりむし　というものがいて
嵌め殺しの　二重窓のあいだに
どうやって入りこんだのか
とわに　あかるく

夢の　標本のようでした

下半身だけの模型が
くるしげにのたうっているけれど
ねむりは　自由の孤塁
ここで　息をしてゆくのです

ii

ちいさな珠のような瓶に
春の海水を汲み
口を　焔で焼き閉じる
窓辺にぶらさげて

光を分けるものにする

なないろ　というけれど
ほんとうは
分けられない　名づけきれない

世や　心の　おおかたのことも

iii

厚いはまぐりの殻を寝床にして
蜘蛛を育てる

調えて果肉や貝肉を食べさせる

二枚きっちりと合わせた貝殻を
あぶらがみで包み
肌着のあいだで温める

育てた蜘蛛を
ある日　緑のうつくしくなった頃
たがいに闘わせる

iv

しんけいしつ　という小部屋

指くらいの　細い
爬虫類が眠っている

赤暗い金平糖の熱が
じりじりと
結晶している

闇の端のほうまで
通じている血管や神経
螺旋の蕾がひらくときの
痛みと歓び

v

花の房のおびただしさ
くずれかけの　におい

やがて　みんな固い実になる
そのために　今
あらかじめ　膿んでいて

せいしんの
よわったところは
池の底の　緑褐色のどろ

ひとたまりもない

vi

仕切りのある小抽斗に
ぬばたまさんから
毎夕ひとつずつ届く　光の
捻子　発条　鋲

組み立ててできた玩具は
苦甘いくるぶしの軋み

甘くて　それでも　さみしい
ずいぶんと欲の深いことだね　と

翼で蓋われ　銹の夜になる

vii

暗いほうの扉に
白いビロウドの蛾
昨晩もいた　今朝もいる

これを図案とし
青闇色の布地に
鱗粉の痛痒を
くりかえし捺染する

ここに　とどまるべし

仕立て　纏う

viii

歯医者さんの

畳敷きの待合室と　急な階段

身動きもとれないのに

顔や頭のまわりに

とても騒々しいものらが

ぎらぎら　振る舞っているのよ

そうとうなことでした

薬瓶が　五色
並んでいるのは　欲しかった

ix

縫い針なのだけど　剣のかたちで
磁気をふくむと
すこし　意志的な感じがする

むかしは　数本を
箔に包んで　土産にした
かさばらないから

折れた錆びたのは鎮めて　でも
知らぬ間に減っているのもあって
その行方のこと

x

目の覚めてしまったこどもが
夜のお茶会の準備をしている

うさぎやねこやいぬを
ふわふわと並べて坐らせ
ひんやりとした手つきで
ちいさなお茶碗やお皿
お匙を揃えている

月は天のまんなかにあり
とおく　ひとり　ある
ちいさなひと

xi

色糸の見本帖

xii

一系列の　赤い葉っぱ
十三系列の　黄色い葉っぱ

十六から十八は
枯葉が溶けていくときの諸調

名残をなだめ
そのあたりで　冬として
雪で被う
凝るこころも休まったのち
さいごは黒土の黒まで

魔法瓶は覗くときらきらした鏡で
つるつるした茶色の
陶の湯たんぽもありました

ひと晩　冷めていったのを
翌朝　洗面器にあけてもらって
お顔を洗っておいで

まだ　心持ちはとろんと暗く

磨りガラスの向こうの雪
うさぎの南天の目の赤

*

花の頃

内側にあることを
なにもかも撒き散らしている女がいる
だれも　それを見ない聞かない
それに触れないことにして

満員のバスは
桜並木の満開を　ゆっくりと進む

往く路沿いの　石造りの建物も
桜に覆われている

かんたんに浮き足だって
目や耳を閉じ　信じれば
すべて　うすべに色に照り輝いて
ほかのことが　どうでもよくなる
花の頃

女を狂わせたのはなんなのか
でも　彼女がいちばんただしい
という気がして

あかるく　口が半開きになっている

春なのだけど
うっすらとさむい

鳥待日

翡翠や瑠璃を待つ水辺

それらは
光の扇のひとふりのように　あらわれ
追う目をかわして
緑の木々や　青い水面に
すばやく　混じる

その余波に
ゆれている
ふるえているうちは
次の風は　おこらない

ゆるい雲が
頭から足先へ　なんども抜ける
そんなふうにして
いちにちでも　待っている

時間は

貴い石のひとしずくに結晶し
やがて　自分の重さに

とつぜん　気づいて　落ちる

また
見ることのできぬ遠くから
ひとひらの羽の風になり
輝き　散るように　来る

山荘の花の実

蜂蜜の金の光も
バタアの湿った黄色い肌もなく
ほそほそした粗いパンと
牛乳だけの朝食
通い瓶にはこまかな擦り傷
梅は梅
桃は桃　になるように
かたい実に色を点《さ》していく

みどりの　簡潔な　雨

ひとが手を入れない実は
いつまでも　ちいさく酸っぱく
雨や風　ときには光
鳥や虫たちから
純粋な　傷を受けている
そのまま
落ちてしまっても
萎びてしまっても
それが　ほんとうのこと

山をくだっていくと
わたしたちの

耳は塞がれ　口は鎖され　瞳は潰され
手足もまるで
よそのものになる

ちいさな実の
土に溶けていく　わずかな果肉
固い　芯の種が　残るのが
ほんとうのもの
そこから　と思う

閾値、夏

あじさいの球　散らぬまま
枯れていく頭部の　沈思
やや　うつむき
色　褪せて

埋もれている　発火点
蝌蚪　乳歯
マッテ／ハヤク
そのあいだの　疼き

とろりと　声なく泣くもの
海から還り　海へと還るものの
月色の卵
潮の砂の睡りに　しばし　まもられて

光が　草木の鞭を鍛え
撲たれただけ　濃くなっていく
木下闇

目をあげ
その視界には　遠く　おさまらず
ずっしりと　溢れている　山
くろみどり色　ふかぶかと

金盥

連れ帰った　見えないひとに
足を洗ってもらうように
水を汲み置く

日向の水になって
夏のみどりがゆらめいている

濡れた足を拭いてもらうように
何度か洗ったやわらかいタオルも用意しておく

三日ほど　ままごとのように
小さな食器や　草の花などで　過ごす
火もほそく灯したままにする

たがいに満足し
そして　さみしく終える

そのあとは
一時しのぎの金魚を泳がせるが
鉢を設えるまでも　保たなかった

どうせ　という気持ちが
きっと　あったからだ

嵐の跡

黒猫が二匹
一匹は自分の重みに弛んでうずくまっている
もう一匹は右のうしろ脚が欠け
ひそやかな三拍で跳ねていく

茶色い小鳥が
歩道と車道の境目に落ちている
器官のすべてを閉じ

まわりの温度に均され
やがて颪に抜けていく

無数のものが打ちつけられた地上の剣呑
潮は遠くまで及び
深傷はおくれて火を発した

嵐の前も後も
黒猫や小鳥は
生きるときは生き
死ぬときは死んだが

折れて絡み合った枝は伐り落とされ　次いで
幹の太い根元も伐り倒されたのは

すでにじゅうぶんな空洞を抱えていたから
あれほどの緑を吹きあげそよがせていたが
昨日今日の弱さではなかった

閾値、秋

ひと夏ぶんの熱が
毛細血管の尖端まで通い
甘く　重く　したたる葡萄

小さなハープを撫でる指も
オルガンの管を抜ける風も
さらりらと　乾いてくる

水や虹の色硝子玉は
もう一度　海に戻す
仰向けにしずまった蟬は
冷たい土に　整えて　置く

ひとが　なにかを　終えてしまって
ふいに　道を分かれていく
ひとりで遊ぶのが　子どもは好きで
目がつめたく深まっていく

遠く帰る鳥の声　草を震わす虫の声

無花果を
夕暮れ色にぽったりと煮る

秋の光

草のあたりは清潔に乾いている
洗った敷布をじかに広げると
申し分のない光と風がすぐにいきわたる

木綿の白に
ところどころ時の染みが散っている
ひとの夜の重みに傷み
薄くなったところもある

抱かれてやってきたちいさなこどもが
その上に座らされ
ちいさなおしごとを始める
錆びかけた古いゼリィ型に
草の葉や穂をたくさん入れ
お匙でかきまぜている

犬の耳が守るようにこどものほうを向く
おとなもすぐ近くにいて
堅い木の実を割る乾いた音がしている

栗　胡桃　銀杏
みんなどうしてあんなに堅いのだろう

さいしょにそれらの実を
拾いあつめて帰ったひとたち
爪を痛めながら
内側の濃密を知ったひとたち

その
さいしょの家族にも
秋の光はふりそそいでいた

眠ってしまったこどもを
そのまま敷布でくるんで抱えて家に入る
もうだいぶ暗い
でも灯をつけずに
あとすこし割り続ける

ピュレ

段差をがくんと
踏み外すように　ひとが眠りこみ
片腕だけがこちら側へ残っている

実体というのは
片腕なのか　体軀のほうか

肉も　果物も

時間をかけて煮崩す
手間暇かけて裏漉す
さらに　煮つめるか　延ばすかして
ちょうどよいとろみにする

眠るひとを見て
そういう　熱暗い仕事の手順を
思い浮かべる

臓器を　もう少しゆるめたら
ラクになる

納屋

兎の濡れた肉は抜かれたばかり
革になるまえの皮は　四羽
ぶらさげられ　ゆれている

天から地へ　重力がはたらくのを
生から死へ　滴るみたいに
短絡して
納得しようというのか

まだ　あたたかいのに

錆びて曲がった虫ピンや
薬瓶の砕けたかけらが
あたしの口のなかにはいっぱいで
呑み込めないし　吐き出せない

なぜ痛いのか怖いのか
おまえがおまえであることが理由だ
そう短絡されても

口のなかのは飴だ薬だ
そう　なだめすかされても
そんなこと

あたしの皮にはあたしの肉が
まだ抜かれずにあって
敏い蠅は寄ってくる
そのまま
真っ黒な梁から　ぶらさげられ
やがてどこかに運ばれていく

錆

七巻《まき》の七色の　絡まった子蛇たちも
とろとろと　冬へと眠る。
火を熾し　かわるがわる見守る一日、
バタアのかたまりの角はゆるみ
琺瑯の片手鍋には　落葉のお茶。
目を合わせなくてもよいし、
なにも言わなくてもよい一日。
緑青の匙で　みるくの膜を掬う。

消えそうになる火を消さずに
消さないように、そのことだけの日。

閾値、冬

降りていく
踊り場の　嵌め殺し窓は
かつて拭かれたことがなく

シナモンをまぶされた　曇り空

それを掬い　とろりと
舐めた跡の残る

スプーンのくぼみ

すぐに暮れて
木守りの　柿のひとつ灯りも
鶫の　小首のかたむきも
切り紙細工の　影絵のよう

指の　治りにくい　ちいさな傷が
ち　ちりと呟いている

低地へ　窪地へ　安寧を
そして
睡りの匂いが　なだらかに
すべてを均していく

雪

悔いても雪《すす》いでも
腹から出た黒い泥は
取り返しがつかない

随分な毒だよ

骨を拾うことができても
溢れ流れて土に沁みた血を

生の器に戻せないように
それらを　今夜は
どうやっても間に合わない烈しさで
鎖していく　暴虐の白だ

閾値、春

硯の　浅い水辺に　絞りの椿
髪のひとすじ　軋むようなのが
春

爪を切り
あらわれる肉

野　と名づけた茶碗

緑の泡だつ水面に受ける
その光のこと

すべて顫《ふる》えるもの
喉と花芽
青墨のにじみの　消えていく韻

胞子　鱗粉　血球　蜘蛛の糸
プレパラートボックスの
しずけさ

切り通しを抜けてきて
ふいに　ここからは坂

貝と蕾

わたしたちの三月には
十日があり　十一日がある。
砂の粒を吐く貝　蜜の珠を抱く蕾、
可憐な　薄黄色の　息がある。
そうして　力なく閉じたまま
うずくまっていた　わたしたちの、
そのうえを　ゆるさずに薙いでいった
火と水。裂かれ　破られ、

でも　それでも。わたしたちの三月には
濡れて薄桃色の　貝があり　蕾がある。

覚書

緑が濃くなる。花は光へ光へと競うように咲き、あたたかい水辺から虫たちが湧いてくる。雛鳥がそれらを待っている。

この五月、行きたい所に行けず、会いたい人に会えない。もうしばらくしたら、言うべきことも言いたいことも塞がれるようになるだろうか。みずから塞いだと見えて、否、愚かで暗く、一方向へなだれ落ちていくような力によって。

空疎を手探りつづけるしかなく、その指に触れ得たもののあまりのたよりなさに絶望するしかなくとも。だれも知ることのなかった、これはあたらしい季節なのかもしれない。生き延びるという言葉をそのままの意味で遣う。

蝶のかすかな羽搏きや、生死を映す雨の雫、夜をふるわせる声と匂い。そんなちいさなものたちを掬い集めて一冊に。支えに感謝しながら。

二〇二〇年立夏　　岬多可子

初出記録

＊

骨片蒐集――「左庭」32号（二〇一五・一〇）

＊

くらいなかの火のはじまり――「左庭」28号（二〇一四・六）
てのひらのひらひらと火――「左庭」28号（二〇一四・六）
そして火の休まるところ――「左庭」28号（二〇一四・六）
土で描かれたのを視る――「左庭」31号（二〇一五・六）
その水は身のうちを――私家版掌詩集『水と火と』（二〇一五・一）
もともとはひとつの土――「左庭」31号（二〇一五・六）
水のだんだんのこと――私家版掌詩集『水と火と』（二〇一五・一）

木の蜜に封じられ――「左庭」38号（二〇一七・一二）
あかるい水になるように――私家版掌詩集『水と火と』（二〇一五・一）
木々の息のあいだに――「左庭」43号（二〇一九・一一）
残るものは木々と――「独合点」135号（二〇一八・一〇）
銅葺きの屋根はしずまり――「洪水」19号（二〇一七・一）
すべて溶かして香る土――「左庭」31号（二〇一五・六）
鋼の朽ちていくとき――「洪水」19号（二〇一七・一）
小花の金銀に散り敷いて――「洪水」19号（二〇一七・一）

＊

標本帖　i iii v vii――「左庭」34号（二〇一六・六）
その他は私家版掌詩集『標本帖』（二〇一七・一）

＊

花の頃――「左庭」37号（二〇一七・七）
鳥待日――「左庭」42号（二〇一九・六）
山荘の花の実――「左庭」38号（二〇一七・一二）
閾値、夏――「左庭」35号（二〇一六・一一）
金盥――「左庭」37号（二〇一七・七）
嵐の跡――「左庭」41号（二〇一八・一二）
閾値、秋――「左庭」38号（二〇一七・一二）
秋の光――「左庭」41号（二〇一八・一二）
ピュレ――「左庭」37号（二〇一七・七）
納屋――「左庭」33号（二〇一六・三）
鋳――私家版掌詩集『色を熾す』（二〇一六・一）
閾値、冬――「左庭」39号（二〇一八・四）
雪――「左庭」39号（二〇一八・四）
閾値、春――「左庭」33号（二〇一六・三）
貝と蕾――私家版掌詩集『色を熾す』（二〇一六・一）

岬多可子――

一九六七年生れ。

詩集
『官能検査室』（一九九一年・思潮社）
『花の残り』（一九九五年・思潮社）
『桜病院周辺』（二〇〇六年・書肆山田）
『静かに、毀れている庭』（二〇一一年・書肆山田）
『飛びたたせなかったほうの蝶々』（二〇一五年・書肆山田）

あかるい水になるように＊著者岬多可子＊発行二〇二〇年七月二五日初版第一刷二〇二一年三月二五日第二刷＊発行者鈴木一民発行所書肆山田東京都豊島区南池袋二—八—五—三〇一電話〇三—三九八八—七四六七＊装幀亜令＊印刷精密印刷ターゲット石塚印刷製本日進堂製本＊ＩＳＢＮ九七八—四—八六七二五—〇〇〇—六